五行歌集

緑の星

桑本　明枝
Kuwamoto Akie

そらまめ文庫

目次

ドリームワーク　～蝶～　5
闇　9
障害の子　13
VS　夫《つま》　17
障害児の母　21
共に生きる世界へ　29
緑の星　39
心《こころ》・象《かたち》・風《かぜ》・景《かげ》　51

実験動物棟 57
国旗掲揚 63
友よ、私の生きなかった生を生きる人たちよ 69
王子 73
これから・・・ 89
跋 小さい、が、大きい 草壁焰太 93
あとがき 96

ドリームワーク　〜蝶〜

夢の中で
羽がはえて
私は
蝶だ
既に、飛翔を知っている

まだ濡れている羽を
動かしてみる
地を離れる
恐怖
ふわりと　落ちる

風に乗って
上昇することを
覚えるのだ
人が　人の中で
仕事を始めていくように

羽化した
私の
魂だ
宇宙を
俯瞰する

夢の中でつかまえた
透きとおった羽の
蝶を
心に
飼っている

闇

坊やの　生と
まぐわっている
闇の中
生命《いのち》の糧を与える
授乳は　エクスタシー

休息
充足
授精
女は
闇に孕《はら》む

子孫　を残すため
色や匂い　で惹きつけて
蝶　に蜜を吸われる
花
の　エクスタシー

なまあたたかな
風の吹く
夜
するり
修羅と菩薩の貌《かお》でいく

障害の子

この子の目が見えなかったのは、
あなたがたの魂が救われるために。
福音書の頁閉じ
二〇〇一年
心の眼《まなこ》開く

「帰ってください」
と
義母《はは》に告げた日
私の声は
澄み切った

「これは……、ピカソを超えている！」
はじめて息子が描いた絵を
褒めてくれた人がいる
小学校は
養護学校にしようかな

大昔の人は　こんな風に
心を　伝えあったのかもしれない
音をもたない　言葉が
直接　胸に響いてくる
手を添えて筆談　自閉症の子と語る

「目の見える人は
暗くなったらできんやろ」
子育て　仕事　そして　家事
庭の草むしりは　夜やった
淡々と　全盲の婦人は語る

繰り上がりが三つある
足し算はできても
名前を呼ばれて
「はい」と答えられない
子どもの難しさ

VS 夫《つま》

ゴディバのチョコレートは高い
と思っていると
「他の女《ひと》からもらいたい」
と夫がつぶやく
そりゃあ、とっても高くつく

魂とか
心とか
うるさい奴やねん、私
それでもよかったら
あなたが好き

もう　あきらめた
と　言うなり
胸が　きゅっと痛む
本当は
一歩も　あきらめてない

突き詰めて考えてみれば
夫を値踏みする
こころが底にある
私の選んだ道を
生き切れていない

所有　と　所属
を超えてしまえば
男も　女も　等しく
愛し合えるのだろうか
一瞬　見えた気がした

「落ちこぼれ　なんて言葉
私の家では　許さない！」
子を　戒めようとする
夫を
斬った　瞬間

障害児の母

むきむき
きゃらきゃら
こうと言い出したら、止まらない
いい加減にしてよ！
ＡＤＨＤに、超キレテル母である。

燃えるような
いのちにつながっている
と感じる時がある
障害児の
母として生きる

「うちの娘《こ》は
最重度の障害児です」
誇りに満ちて　こう語る
彼女の後ろに
道ができる

「カエルがいるよ！」
と、ひと言で
仲良くなれる子どもたち
まだまだ
地球の未来は　明るい

君よ　自分のうたを歌え
お仕着せではなく
自分の言葉で
自閉症の君の
人生を　決めていくんだ

自由に生きたい
と願う
障害児の母である
私の前に
真白く光る道

無言で　傷口に
薬を塗りつけていくような
自閉症の子の
ぎこちない
やさしさ

老母　実弟　二人の子ども
それぞれ
福祉の手帳をもらってる。
もう　ワタシには
コワイモノハナイ！

こんな阿呆に　なってしまって
皆様に　迷惑かけてすみません
面会に行くと　母が言う
何度も言うのが　重度障害児と
共に生きる私には　歯がゆい

米づくりを始めて、豊かになった
むらは、王の支配するくにへ。
そして、大王《おおきみ》の統べる国があらわれた。
（貧富の差は、天と地ほどに広がった……）
自閉症の6年の子と、社会の教科書を読む

保育所から　養護学校入学
四年から　地域に戻り
中学校から　高校進学を目指す
自閉症の息子と　私の生き方
結構　チャレンジング

無位無官　無収入
でも　人とつながる喜び　に
輝いてる　身の内に
障害児の母　として
ちから　を感じている

共に生きる世界へ

まるで　シンデレラのよう
自閉症の息子は
運命の女性《ひと》に出会った
スケートリンクの上
支援者の彼女に　手を差し出す

言葉だけの指示で
きちんと分かって　すぐに
氷の上を歩けるようになった
見かけと違って　賢い子
そう評価されて　変わっていく

「お二人とも　大変ねぇ。
お手伝いは　いいからね」
養護学校の活動でも
そう　免除してもらえる
多動な二人の子の　母である

母の呼び声より
自分の決めた道順に
こだわるのか
夕焼けの帰り道
背中を向けた息子に　泣いたっけ

「自転車で追っかけてて
それで　姿　見失ったん？」
警官に不思議がられる
迷子捜索の依頼手続きにも
慣れてしまった

お兄ちゃんが飛び出したら
弟の方は　その場に置いて
「そこで、待っとき！」
涙目で　待ってたら
ウソのように　土砂降り

手を持って　一緒に
ひらがなの練習をしてる時
「お母さんのこと　好き?」　と聞いてみた
おかあさんが　すきすきすきすきすきすきすき
涙が　あふれる

自閉症の息子の場合
ことばは　文字から入った
書き言葉の大切さ
しかし　知的障害の養護学校では
授業で　文字は教えない

「算数や国語ができても
生活の力がなくては」
それでは
生活の力のない者は
文字や計算を　学んではいけないのか

定型発達の子と違う
でこぼこの大きな成長を
面白い　と受けとめることができるか
教える側の
器が　問われる

「このままでは
危険人物Ａ　になってしまうよ」
支援者の友人の言葉に
地域に戻る
決意をする

四十万都市に
養護学校はつくらない
共に育つ教育を　と願った
我が町の理念は　今なお
脈々と　教育現場に息づいている

やさしい級友に　恵まれ
先生方に　あたたかく見守られ
まるで　シンデレラ・ボーイ
小四で　地域に戻った
息子の笑顔は　輝く

引きこもりから回復途上の　弟
共依存から痴呆となった　母
退職後三年で癌で逝った　父
私は　障害児の母として
新しい地平を　望む

振り返れば　すべて
ほろほろと
涙の雨まで　甘い
これからの未来は
私の　前にある

自閉症の青年と
友達になった
一ヵ月後　覚えていてくれるだろうか？
忘れていても
何度でも　友達になれる

緑の星

ぱくり
蜘蛛が獲物を捕《とら》まえる
昆虫クイズ
子どものテレビに
生の深淵を見る

銃剣に　高々と
貫かれ
赤子は　息をひきとった
若い母親は　輪姦され
殺されて　むしろ　よかったのだ

大和の兵よ
あなたの母を想い
私の心は　泣いている
寒くはなかったか
無事に　故郷に還れたか

殴られる
寒かった
ひもじかった
辛かった
お国のために、死んだのだ

皇軍の
兵士は　殴られ損で
殴り倒し
便所の匂いのする言葉だ
私たちの国民性が　突き進む

流されていく
みんなで　行くところまで　行ってしまう
父祖伝来のＤＮＡを
私たちは　いつ
捨てるのか

母よ
今　あなたの腕に抱く
幼子が
安らかに寝息をたてている
当たり前に続くことと信じるのか

いい大学に入れるって
そのためには　ライバルは蹴落とすって
どこか　狂ってる
おいおい　みんな　普通の
いい子　いい母　なんだぜ

食べ物を口に入れる瞬間
ふと
これ　大丈夫かしら
プリオンより　怖い
恐怖という添加物

未来への怖れは
誰にもあるが
見ないふりをしている
恐怖を見据えたら
解決策も見えてくるはず

古来
戦場での忌まわしい記憶は
深く心にとどめられ
帰還兵は讃えられ死者は手厚く葬られた
ラカンを読む

どんなに財宝を積んでも
あの世に行く時は
身一つで旅立っていくのに
権力者は　なぜ
気づかないのだろうか

神様が
与えてくださった
ヒトの脳の精緻
種の意思を育む
他の生命を平気で奪うほどに
巨大だ

私たちに
与えられてきた
自由は重い
蓄積された知の技術の上に
21世紀　人は　自己に目覚めよ

緑の星に
生命《いのち》が芽生え
様々な種に進化してきた
美しい映像を
脳の片隅で描き出している

青い地球に
生命《いのち》の種が撒かれ
多彩な形状の生き物が次々に生まれくる
神のように　微笑んで見ている
ただ　いとおしく

知の果実を
口にした時から
ヒトは　楽園を追われ
今も
さまよい続ける

あたらしい世紀には
目覚めた人が
増えるといい
この星で
仲良く暮らしていくためには

薄っぺらく
意識を拡大していくと
私たちは　みんな
つながっていることを感じる
障害の子も　居る

光の中に
君は立つ
手をつなぎ
輪になって
昇る朝日の陽《ひ》を受けて

心《こころ》・象《かたち》・風《かぜ》・景《かげ》

人が
殺されていく
瞬間を
茶の間で見ている
ホモ・サピエンス

戦をするのが
男の性《さが》なら
一億
総メス化
してもいい

肩に食い込む
太陽の視線
振り仰げば
二〇〇四年
夏

橋の下
眠っていた欲望が
むっくり　目を覚ます
スポークの突き出た自転車
流れる水の匂い

目つきまで
飼い主に
そっくり
金壺《かなつぼ》眼をぐりぐりと
尻尾を垂れて歩く犬

五十年間　胸に突き刺さった
長男の事故死も
彼女の記憶から消えていく
老いの
残酷なまでの　やさしさ

□緊急　□準緊急　□診察
小児科待合で　トリアージの試行
大事故・災害時には　ここに
□不処置　が加わる
（既に死亡又は明らかに救命不可能）

葦舟の
やさしさ
けれど　私の
櫂では
この川を　渡れない

ケータイをかざして
虹を撮ろうとする人々
ビルの街に光降り注ぐ
雨上がり
七色の半円を仰ぐ

心は
無限の多面体
どこから光をあてようか
私の中の
修羅も佛《ほとけ》も抱きしめる

実験動物棟

脇腹を深く抉《えぐ》られて
人工臓器をつけて立つヤギ
「生存最長世界記録×××日（只今更新中）」
うるんだ目を向けられて
どう私は答えられるのか

とくとくと
透明な容器の中を
血液が流れていく
体温の感じられない
そこだけ　異空間

二基並んだエレベータの
一つは　動物運搬専用
ごめんな
踏ん張って動かぬ牛の
引き綱を引いて　乗る

エルメスをまとった
美人の秘書さんが
ひょいと　片手で抱き上げて
猫の死骸を
捨てに行く

24時間自動給餌
清浄な空気
清潔な実験動物舎で
観察され
生命《いのち》を終えていく

そう言えば
生きるとは
他の生を
食《は》んで
いくこと

科学の贄《いけにえ》に供される
実験動物達
その生命《いのち》の上に
私達が　今
生かされている

国旗掲揚

外から規定される
成長　ではなく
ゆっくりでもいい
本当の学び　を
新入の君たちには　望みたい

山を　拝め
陽を　拝め
目の前にいる　二百人の
生徒のいのちをこそ　拝め
式場の　白と赤の旗ではなく

式場の
国旗が
そんなに大切か
目の前に今 燃えるようにある
いのちよりも　か

一人の子の　いのちを
救うためなら
国旗など
何度破れても　構わない
いのちを　まもるためなら

皇祖《すめらお》の兵士は　進む
コーリャン畑を　ジャングルを
黙々と
白地に　赤く
身を　血に染めて

かたちは　大切だ
容《い》れ物も　要る
だから　恭しく
お辞儀をするけれど
胸に抱くのは　抵抗の詩《うた》

黙って　うなづけば
許諾した　ことになる
にっこりと
和して　同ぜず
一歩も　動じず

友よ、　私の生きなかった生を生きる人たちよ

「胸がない君も、大好きだよ。」
乳癌手術を前に
何度目かのプロポーズ
ちょっと嬉しかったよ、と語る
友は　ついに　おちた

20年前の私を
なぞるかのようだ
　何故この世に自分は存在するのか
娘の書いた
文字を読む

生んでくれた　人を
送る　ということは……
このままでは　こちらが壊れる
辛い　と泣いた日々も忘れたように
哭《な》く

桜の花かと思った
雲の切れ端が
次々と　私の身体を撃つ
統合失調症の
夕べ

「もうこんなややこしい世の中
消しゴムで消しちゃいたい！」
年若い友よ
それが
そうだけでもないんだよ

すっと　引き返せる
やわらかさ
素直なこの女性《ひと》は
のびる
と　思う

王子

ヨガ教室のK子先生に捧ぐ

ぎらぎらと
眼《まなこ》開いて
夫の
脳の
萎縮した像を見る

千里の山を
切り開いて作られた
夢の万博
その場に
私たちはいたね

私の上司は
仕事の鬼
だけど
新入社員が　ちょっと
気になるみたい

プレハブの社屋で
突貫工事の指揮
世界にはばたく日本だ
明日の
夢を　熱く語ったね

プレミアのついた
式典会場
世界各国のゲストの入場を
あなたと
見ていた

ハンサムで
背の高いだけが取り得よ
そう言うと
ご馳走様、と
友だちは笑うのだ

「お嬢さんをください。」
無口なあなたが
父に
頭を下げてくれた
嬉しかった

お姫様だった
私だ
あなたは王子様だった
子どもを生んで
人並みに幸せを育んでいった

鳶職と並んで
現場を走り回っていた
あなたが　足場から落ちた
仕事を
休んでくれと言われた

この頃　なんか変なんだ
足を踏み外したりして
大事故にならぬうちに……
上司の言葉に
黙って頭を下げる

仕事が好きで
仕事と生きて
仕事をし過ぎて
はたらけなくなって
還ってきたあなたは
抜け殻

母を知らない
お義母《かあ》さんに大切に育てられた
私が
夫の
母になる

息子に夫の介護を頼み
隈を隠すメークで
教室の
ドアを開ける時は　笑顔だ
「私」を出せる空間がある

沖ヨガの
師が
微笑む
生きることは
それだけで　尊いのですね

背が高くて　ハンサムな方ですね
初めて夫を見た
教室の生徒が言う
それだけが取り得よ、と
笑う

妻のやることに
口出しはしない
言葉を話さぬ人となって
はじめて　私の
仕事場を訪れてくれたのだ

手を組んで
夫と
歩くのだ
恋人のように
彼を支えて

ゆっくりと
あなたが　座るには
時間がかかる
高い空の上を
跳んで歩いていたような　あなたが

一月前《ひとつき》にできていたことが
今は　できない
階段を落ちるように
衰えていく　あなた
息子が　私を支えてくれる

立つことも
できなくなった
夫を全介助
薬で眠る
闇のような眠りを貪る

すとん
と
あなたがいなくなった
夜
泣けない

年の差より
うんと早く
私を置いて
あなたは
いってしまった

あなたを
多分　とても
愛していたのだ
運命を
天に問えない

ヨガを続けてきたことが
あなたにも
役に立っただろうか
少しだけでも
あなたの　衰弱を引き止められたかしら

さようなら
私の愛した
これは　身体だ。
あなたの
魂に添って行く

のびやかに
身体《からだ》を
伸ばすのだ
呼吸《いき》を　長く　吐いて
私は　私の生を生きる

これから・・・

卒業とは
よくできた仕組みだと思う
人と
上手に別れるのは
難しい

今　語る言葉を持った
私を
誇らずには　いられない
鉄格子の部屋で
叫び続けた　あの日を思えば

めっかちの目で
私を見上げて啼く猫に
「大丈夫か？　お前！」
なんて
半分　自分に言ってる

泣きながら
上って
行け
泣けるうちは
いい

日々　私たちは
生まれ変わる存在なのだ。
昨日より
豊かな　私へ……
大きく　呼吸《いき》をする

「ねばならぬ」を
「できたら嬉しい」に換えると
灰色の周囲が　みるみる
鮮やかに色づいて
薔薇色の世界に　私は生きてる

跋

小さい、が、大きい

草壁焰太

この本は小さな歌集である。だが、この本はあらゆるものを含んでいる。とても大きな本である。

この本には、あらゆる残酷が描かれている。作者は、だが、それを裁かない。放置する。この本の作者は、かつて見たこともないほど、多能である。他人の人生までを自分の歌にしてしまうほど、感性も多様に発達している。

そして、そのうえ、彼女は障害児の母となった。人生上、最大の困難を、神か、運命かに託されたのである。多能なこの女性は、その困難さえ自分の武器のように見せることさえする。

事実、そうなのであろう。

この多能な人の歌を私はいちいち解説したことはない。どうなるものか、じっと見てきた。

青い地球に
生命《いのち》の種が撒かれ
多彩な形状の生き物が次々に生まれくる
神のように　微笑んで見ている
ただ　いとおしく

この歌集の中の『緑の星』の項が、その結論である。あらゆる残酷、運命、使命はすべてここにつながる。

この歌集は、最も多彩な感性を持ち、多能なうたびとの、思想の本である。

小さい本だが、大きい。

あとがき

２０２１年９月に初めて上梓した『五行歌集　コケコッコーの妻』に続いて、このたび『五行歌集　緑の星』を上梓することができました。わずか10カ月で二冊の歌集を出すとは、自分でも驚きです。

『五行歌集　緑の星』には、１９９９年10月私が五行歌に出会って以来２００８年までの10年間に作った五行歌の作品141首を収めています。選歌の基準は、月刊『五行歌』誌の巻頭、佳作となった作品及び「特集」としてまとめて書いた作品です。ちょうど40代に書いた作品たちですが、今読み返してみると、荒削りで、でも一生懸命だったなぁという気がします。

この歌集は私の第二歌集にあたるわけですが、実は、２００９年秋から四度にわたり手作り出版で『五行歌自選小歌集　緑の星』として発行し、電子書籍で現在も流通しているという経緯があります。その歌集に当時掲載できなかった一首を付して、また、作品を書いた時系列順にしていた章立てを、テーマごとにして構成を変え、読みやすくしました。

『王子』は、私が長年通っていたヨガの教室のリーダーのK子先生とおつれあいさまのものがたりです。教室で先生がふとお話しくださったことが心に残っていて、ある日バスに乗っていたときに、お二人の出会いから夫君が亡くなられるまでの一連の情景が、まるで自分が経験したことのようにまざまざと心に浮かび、26首のうたになりました。あとで知りましたが、ちょうど五行歌の大先輩にあたる方が亡くなられた日のことでした。何か心が感応したのかなぁと不思議に思います。

『動物実験棟』は、約30年前研究所付設の病院に私がアルバイトで勤めていた頃なんとなく見聞きしたことを言葉に写したものです。当時最先端の研究であったことが今あたりまえのように治療に用いられている、科学の進歩はすごいなぁと思います。ただそれが本当に人の幸せにつながっているのかということには疑問が少し残ります。

『緑の星』はそのようなことをテーマにした作品群です。ここではイメージがどんどん飛躍してものがたりが進んでいくのですが、なかで戦争について書いた作品のうち特に最後の二首は、学徒動員の直前の世代で大学卒業直後に招集され、内地で訓練中に終戦を迎えた亡父の言葉が、怨念のように私のなかに残っていて書かせたのだと思います。ちなみにアジア太平洋戦争において戦没した日本軍人・軍属の総数は約230万人、その過半数が、戦闘行為においてではなく、食料が補給されないために起きた飢餓地獄のなかでの野垂れ死にであったといわれています。このことは、この国に今生きる私たちが覚えておかねばならないことではないかと思います。日々の生活のなかで感じる、ささやかな喜びや苦しみに埋没して過ごしている私たち、でも、時には過去を振り返り、よりよい未来をイメージする時間を持つことも大切なのではないでしょうか。

最後に、この五行歌集に心のこもった跋文を書いてくださった草壁焰太主宰、やさしい言葉でいつも背中を押してくださる三好叙子副主宰、原稿の編集校正でお世話になった水源純さん、装丁と、そして歌集の構成についても貴重な助言をいただいた井椎しづくさんには、たいへんお世話になっています。表紙の写真は、すばらしい風景の写真を撮っておられる川原ゆうさんから、手作り出版の際に表紙に使った画像のイメージに通じるような写真をご提供いただき、感謝です。

拙い歌集ですが、お読みくださった皆様には心より感謝申し上げます。

子のしでかす難儀を
嘆いて五行歌にすると
頑張ってると言ってもらえる
自分を責めずに
生きていける

できないこと、頑張ってもうまくいかないことを、五行歌に書いて外に出すと、「頑張ってるね」「すごいね」とほめていただけたりします。賽の河原で石を積むような失意の日々を重ねていたりするのですが、そう書くと、「そんなに頑張っているのですね！」と言ってもらえて、驚くやら嬉しくなるやら。これからも五行歌を作るなかで、自らを見つめ、恥じることなく自身を語り、一つしかないこの生を自分らしく悔いなく生きていきたいと思います。

一人ひとりが、自らを自由に表現し、語り合い、交流していけば、互いの差異を知り、認め合い、尊重し合える、真に豊かな社会が実現できるのではないでしょうか。そのような思いを胸に、これからも自らの生をたのしみうたい続けていきたいと思います。

2022年6月

桑本明枝

桑本 明枝（くわもと あきえ）
本名・豊髙明枝（とよたか・あきえ）

1958年　大阪府生まれ　大阪府枚方市在住
1983年　大阪大学文学部仏文学科卒業
障害者福祉施設非常勤職員／翻訳者／市民ライター／
放課後クラブ「チャレンジ・キッズ」代表
1999年　五行歌の会会員
2001年　五行歌の会同人
2016年より五行歌ひらかた歌会代表

著書に『五行歌集　コケコッコーの妻』（2021年・そらまめ文庫）エッセイ集『言いたい放題！アッキー28号　機械の友だち』（2016年・とれぶ出版部）、エッセイ集『言いたい放題！アッキー28号2　愛のききみみ頭巾』（2018年・とれぶ出版部）がある。

訳書に『変化を起こせ　未来を担う若い障害者リーダーを育てるために障害当事者団体にできること』（共訳・2013年・無料）『インクルーシブ教育の輝ける実例〜可能性のスナップショット〜』（2015年・無料）がある。

エッセイ集と訳書は、Amazon、楽天Koboにて購入またはダウンロード可。

五行歌ブログ「アッキーの五行歌★夢日記」、楽天ブログ「言いたい放題　アッキー28号」も執筆中。

メール　akkie.toyotaka@gmail.com

アッキーの五行歌★夢日記

言いたい放題アッキー28号

そらまめ文庫　く 2-2

五行歌集　緑の星

2022年8月8日　初版第1刷発行

著　者　　桑本明枝《くわもとあきえ》
発行人　　三好清明
発行所　　株式会社 市井社
〒162-0843
東京都新宿区市谷田町 3-19 川辺ビル 1F
電話　03-3267-7601
https://5gyohka.com/shiseisha/

印刷所　　創栄図書印刷 株式会社
カバー写真　川原ゆう
装　丁　　しづく

ISBN978-4-88208-195-1　C0292

落丁本、乱丁本はお取り替えします。
定価はカバーに表示しています。

五行歌五則 ［平成二十年九月改定］

一、五行歌は、和歌と古代歌謡に基いて新たに創られた新形式の短詩である。

一、作品は五行からなる。例外として、四行、六行のものも稀に認める。

一、一行は一句を意味する。改行は言葉の区切り、または息の区切りで行う。

一、字数に制約は設けないが、作品に詩歌らしい感じをもたせること。

一、内容などには制約をもうけない。

五行歌とは

五行歌とは、五行で書く歌のことです。万葉集以前の日本人は、自由に歌を書いていました。その古代歌謡にならって、現代の言葉で同じように自由に書いたのが、五行歌です。五行にする理由は、古代でも約半数が五句構成だったためです。

この新形式は、約六十年前に、五行歌の会の主宰、草壁焔太が発想したもので、一九九四年に約三十人で会はスタートしました。五行歌は現代人の各個人の独立した感性、思いを表すのにぴったりの形式であり、誰にも書け、誰にも独自の表現を完成できるものです。

このため、年々会員数は増え、全国に百数十の支部があり、愛好者は五十万人にのぼります。

五行歌の会　https://5gyohka.com/
〒162-0843 東京都新宿区市谷田町三—一九
川辺ビル一階
電話　〇三（三二六七）七六〇七
ファクス　〇三（三二六七）七六九七